LES DINONOUS

Les insectes, c'est chouette!

Pour Krebs
—S.M.

Données de catalogage avant publication
de la Bibliothèque nationale du Canada

Metzger, Steve
  Les insectes, c'est chouette!

(Les dinonous)
Traduction de: Dinofours, we love bugs!
ISBN 0-7791-1569-4

I. Wilhelm, Hans, 1945- II. Allard, Isabelle III. Titre.
IV. Titre: Dinonous : les insectes, c'est chouette!.
V. Collection: Metzger, Steve. Dinonous.

PZ23.M487In   2002   j813'.54   C2001-903706-6

Édition publiée par Les éditions Scholastic,
175 Hillmount Road, Markham (Ontario) L6C 1Z7.

5 4 3 2 1   Imprimé au Canada   02 03 04 05

LES DINONOUS

Les insectes, c'est chouette!

Steve Metzger
Illustrations de Hans Wilhelm

Texte français d'Isabelle Allard

Les éditions Scholastic

Par une belle journée de printemps, les Dinonous jouent dehors. Brendan et Joshua creusent pour trouver des roches.

— Regarde cette roche! s'écrie Joshua. Elle brille!

— J'en ai trouvé une grosse, lance Brendan en soulevant la pierre qu'il vient de découvrir. C'est la plus grosse pierre du monde!

Joshua et Brendan continuent à creuser. Tout à coup, Joshua trouve quelque chose.

— Super! Regarde, c'est un ver! dit-il. J'adore les vers!

— Je n'aime pas les vers, dit Brendan. Ils sont dégoûtants.

— Mais regarde-le bouger, réplique Joshua. Il n'arrête pas de se tortiller.

— Et puis après? répond Brendan. Moi, je veux trouver des roches.

Mais Joshua continue d'observer le ver.

— J'ai une idée, dit Brendan. On va essayer de le lancer le plus loin possible!

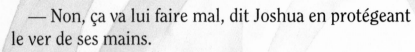

— Non, ça va lui faire mal, dit Joshua en protégeant le ver de ses mains.

— Bon, bon, dit Brendan. Tu sais, c'est seulement un insecte.

Brendan s'éloigne et se met à chanter :

Je déteste les bestioles
Qui fourmillent sur le sol
Qui s'envolent en bourdonnant;
Les insectes, c'est dégoûtant!

9

Brendan aperçoit un ballon de soccer près des balançoires.
Il le frappe du pied aussi fort qu'il peut. Le ballon dépasse
Danielle et Tracy, qui sont à genoux sur le sol.

— Fais attention avec ton ballon! s'écrie Tracy.

— Tu as presque écrasé la coccinelle! ajoute Danielle.

11

— Et puis après? dit Brendan. C'est seulement un insecte.

— C'est une jolie coccinelle, dit Tracy.

— Et en plus, elle vole! ajoute Danielle.

— Si je la lance dans les airs, peut-être qu'elle va s'envoler! s'exclame Brendan.

— Ne fais pas ça! lance Danielle.

— C'est notre amie! riposte Tracy.

Brendan aperçoit soudain Albert.

13

— Hé, Albert! lance Brendan. Veux-tu jouer à cache-cache?

— D'accord, répond Albert.

— Va près de cet arbre et ferme les yeux, dit Brendan. Je vais me cacher. N'oublie pas de compter jusqu'à dix avant de me chercher.

— D'accord, dit Albert en se dirigeant vers le gros chêne.

Il ferme les yeux et commence à compter : « Un, deux, trois... »

Pendant ce temps, Brendan court se cacher
derrière un buisson. Il s'accroupit et attend.
Albert ne me trouvera jamais ici, pense-t-il.

Quand Albert a fini de compter jusqu'à dix, il ouvre les yeux et crie : « Prêt, pas prêt... J'y... y a une chenille! Génial! J'adore les chenilles! »

Albert observe la chenille qui se déplace sur le tronc. Il oublie qu'il doit chercher Brendan.

— Qu'est-ce que tu fais? crie Brendan en sortant de sa cachette. Je pensais qu'on jouait à cache-cache!

— Attends un peu, répond Albert. Viens voir cette chenille. Elle est toute velue!

19

— Je déteste les insectes! s'écrie Brendan en enlevant la chenille de l'arbre et en la faisant sauter d'une main à l'autre.

— Arrête! dit Albert. Mme Dé! Mme Dé!

Mme Dé et les autres Dinonous s'approchent d'Albert et de Brendan.

— Qu'est-ce qui se passe ici? demande Mme Dé.

— Brendan s'amuse à lancer ma chenille, explique Albert.
Il lui fait mal!

— C'est seulement un insecte, dit Brendan. Elle ne sent rien.

— Comment le sais-tu? demande Joshua.

— Tu n'aimerais pas ça si tu étais une chenille, dit Tara.

— Oui, j'aimerais ça, réplique Brendan. C'est amusant de rebondir.

— On ne sait pas vraiment ce que les insectes ressentent, dit Mme Dé.
Mais tu lui fais probablement mal. Arrête, Brendan.

— D'accord, dit-il en déposant la chenille sur l'arbre.

Mme Dé regarde sa montre.

— Les enfants, c'est le temps de rentrer et de se préparer à partir.
Elle ajoute en regardant Brendan :

— Tu te souviens que c'est ton oncle Léo qui vient te chercher
aujourd'hui?

— Oh oui! lance Brendan. Youpi! Mon oncle Léo est le dinosaure
le plus grand et le plus drôle du monde! J'ai assez hâte de le voir!

Une fois à l'intérieur, Mme Dé et les enfants chantent une chanson
d'au revoir. Les Dinonous vont retrouver leurs parents, leurs
grands-parents, leurs gardiennes… et oncle Léo.

25

Brendan se jette dans les bras de son oncle.
— Salut, petit! dit oncle Léo en soulevant
Brendan dans les airs.

Il le fait tourner de plus en plus vite, et de plus
en plus haut.

— Arrête, oncle Léo! Je suis tout étourdi!
proteste Brendan.

— Excuse-moi, mon petit, dit oncle Léo en arrêtant de le faire tournoyer et en le posant par terre. Ce n'était qu'un jeu.

Brendan regarde autour de lui. Il a l'impression que tout tourne. Juste à cet instant, un hanneton brun marche sur son pied. Il s'apprête à l'enlever d'un mouvement brusque du pied, mais s'arrête tout à coup.

Il pense à ce que Mme Dé a dit. *C'est vrai, on ne sait pas ce qu'un insecte ressent*, pense-t-il. *C'est comme pour oncle Léo, qui me lançait dans les airs sans savoir que je n'aimais pas ça.*

31

Brendan enlève délicatement l'insecte de son pied
et marche vers sa maison avec oncle Léo.
En route, il chante une nouvelle chanson :

Finies les pirouettes;
Je ne veux pas être cruel.
Ver, chenille ou coccinelle,
Les insectes, c'est chouette!